맵지롱호
깜냥 놀이

맵지롱훈 깜냥 놀이

2023년 11월 7일 인쇄
2023년 11월 20일 발행

지은이 김정미

펴낸이 손정순

펴낸곳 열림문화
        주소 제주특별자치도 제주시 청귤로 15
        전화 (064)755-4856
        팩스 (064)755-4855
        이메일 sunjin8075@hanmail.net
        인쇄 선진인쇄

ISBN   979-11-92003-39-9 (03800)
값 10,000원

※ 이 책은 제주특별자치도 제주문화예술재단의 2023년 문화예술지원
   사업의 보조를 받았습니다.

맵지롱흔
깜냥 놀이

김 정 미 제주어 시집

#2 / 제주어 시

#3 /
제주어 시

#4

제주어 시

#1 제주어 시

늙은 호박

골 지픈 양지에 둥쿨락ᄒ 몸이주만
ᄋ뭇차게 살아온 세월 ᄂ려놀 때 뒈엇고렌
우잣담에 ᄂ랏이 직산ᄒ 늙은 호박

윤진 양지에 팔제주름 늘류우멍 살아온 세월
이만이노렌
너른 섭상귀 홀몸뗑이에 걸쳐둠서
ᄒ 철 또시 ᄒ 철을 이녁 몸 소곱더레
ᄎ곡ᄎ곡 디물리고 이섯주

경혜도 ᄒ땐
소소ᄒ 꿈 춧앙 우잣담더레 올라 탈 적인
벌 나비 들려드는
꽂 ᄀ튼 ᄉ춘기도 이섯주
경ᄒ단 어느제부떠
동글동글ᄒ 궁둥이가 너부작ᄒ기 시작ᄒ멍
여ᄌ로 살아갈 먼먼ᄒ 질을 생각ᄒ게 뒈엇주

멘날멘날 때 츨리멍 골져가는
어머니의 넓은 날덜토
늙은 호박만이나 으물찬 세월이 이섯주

우리 어멍 닮은 우잣담 우티 늙은 호박
곱닥흔 양지에 주글레미 지프게 파져가민
오몽오몽 소곱에 쿰은 호박씨
뜨뜻흔 벳살 맞이멍 든든흐게 으물아 갈 테주

늙은 호박

골 깊은 얼굴에 울퉁불퉁 둥근 몸이지만
당차게 살아온 세월 내려놓을 때 되었다고
울담에 힘없이 기대어 있는 늙은 호박

윤기 있는 얼굴에 팔자주름 늘리면서 살아온 세월
이만큼이라고
넓은 이파리 홀몸에 걸쳐놓고
한 계절 또 한 계절을 자기 몸속으로
차곡차곡 들여놓고 있었지

그래도 한때
소소한 꿈 찾아서 울담 위로 올라탈 적엔
벌 나비 달려드는
꽃 같은 사춘기도 있었지
그러다가 어느 때부터
동글동글한 궁둥이가 펑퍼짐하기 시작하면서
여자로 살아갈 머나먼 길을 생각하게 되었지

날마다 밥상 차리느라 골 깊어 가는
어머니의 지난날들도
늙은 호박만큼이나 야무진 세월이 있었지

우리 어머니 닮은 울담 위 늙은 호박
고운 얼굴에 주름 깊게 잡혀가면
올망졸망 속에 품은 호박씨
따뜻한 햇살 맞으면서 단단히 여물어 간다

따라비 쿰

여왕 골은 무음으로
따라비오름 봉오지에 올라사둠서
새끼오름 지미오름을 쿰언 보난
한락산이 날 쿰엇고렌
일출봉도 날 쿰엇고렌
봉오지로 フ득흔 시상
이레 돌악 저레 돌악 호여봐도
봉오지 알에 돌아진 몸

굴헝지 소곱 어욱꼿도 봅서게
봉오지 알에 들멘 몸이주만
하늘러레 꼿비치락 술술 놀리멍
시상 근심 믄 씰어줌수게

따라비오름 봉오지에 올라사난
와리지 말앙
뚬 검불리멍 フ닥フ닥 걸어가렌
버친 둑지 어룹썰어 쥠신게

따라비 품

여왕 같은 마음으로
따라비오름 봉우리에 올라서서
새끼오름 지미오름을 품고 보니
한라산이 나를 품었다고
일출봉도 나를 품었다고
봉우리로 가득한 세상
이리 달리고 저리 달려봐도
봉우리 밑에 딸린 몸

굼부리 속 억새꽃도 보세요
봉우리 밑에 딸린 몸이지만
하늘 향해 꽃빗자루 솔솔 날리면서
세상 근심 다 쓸어주네요

따라비오름 봉우리에 올라서니
서두르지 말고
땀 식히면서 느긋이 걸어가라고
무거운 어깨 다독여주네요

콩ᄂ물 온정

콤콤ᄒᆞᆫ 시리 소곱
물세례 받으멍 비념ᄒᆞ는 콩ᄂ물
벳살 귀경 ᄒᆞᆫ번 웃이
왕왕작작 베껏시상더레
내처질 중 알암신가

좁짝ᄒᆞᆫ 시리 소곱에 슴뿍 등가진
설룬 이왁
찌레찌레 등어리 어름씰어주멍
닐 일은 생각 말게, 생각 말게

ᄒᆞᆫ당에 담아진 콩ᄂ물도 살아가는 법이 션

하늘 귀경 ᄒᆞᆫ번 못ᄒᆞ여도
ᄄᆞᄄᆞᆺᄒᆞ게 녹아드는 정 ᄒᆞ나만 이시민
홍강ᄒᆞ게 젖인 발 쫙쫙 뻗어지곡
선줌에 꼬불라져 가는 목뻬 과짝이 세와지난

얼랑빈찍헌 베껏시상 불루울 거 흐나 읏댄

서로 숨소리만 들으멍도
기여, 기여 난 궨결찮으다

시리 소곱이서 슴빡 부끄는
콩ㄴ물꼿 진 자리

콩나물 온정

캄캄한 시루 속
물세례 받으면서 기도하는 콩나물
햇살 구경 한번 없이
시끌벅적 바깥세상으로
내처질 줄 아는지

비좁은 시루 속에 가득 담겨진
서러운 얘기에
서로서로 등 쓸어주며
내일 일은 생각 말자, 생각 말자

한곳에 담아진 콩나물도 살아가는 법이 있어

하늘 구경 한번 못해도
따뜻하게 녹아드는 정 하나만 있으면
흠뻑 젖은 발 쫙쫙 뻗어지고
선잠에 구부려져 가는 목뼈 꼿꼿이 세워지니

눈부신 바깥세상 부러울 거 하나 없다고

서로 숨소리만 들으면서도
그래, 그래 난 괜찮아

시루 속에서 가득 넘쳐나는
콩나물꽃 진 자리

꼿질 뚜라 우리 어멍

호 번도 안 호여본 새각시 화장
곱닥호게 호여둠서
문저 가분 아버지 만나레 가노랜
꼿침대에 슬히 드러눠분

헤양흔 양지에 지그뭇이 곱은 눈이
스뭇 펜안흔 우리 어멍

나 설운 아기덜아
어멍 울엉 주들지말라,
궂인 거 뷔리젱 말앙
곤 거만 보멍 살라

우리 어멍 단들이는 소리가
안적도 귓전에서 감장 도는디

웡이자랑 웡이자랑
검질매단 흑 부뜬 손으로

애기구덕 흥글단 우리 어멍
가심 실린 넘은 세월 버친 짐 느려노난
곱은 준둥이 판찍 페와진 새각시 뒈언

어이에 아버지 손 심어져신가
꼿벙뎅이 가심팍에 쿰은 냥

꼿질 뜨라 먼 질러레 꿈절인 듯 스르륵

꽃길 따라 우리 어머니

한 번도 안 해본 새각시 화장
곱게 해놓고
먼저 떠난 아버지 만나러 가신다며
꽃침대에 살며시 드러누우신

하얀 얼굴에 지그시 감은 눈이
사뭇 편안한 우리 어머니

소중한 내 아기들아
에미 걱정 말거라,
궂은일 보려 하지 말고
고운 것만 보면서 살아가렴,

어머니 타이르는 소리가
아직도 귓전에서 아른거리는데

윙이자랑 윙이자랑
김매다가 흑 묻은 손으로
아기구덕 흔들던 우리 어머니

가슴 시린 하세월 무거운 짐 내려놓더니
굽은 허리 곧게 펴진 새각시 되언

어느새 아버지 손 잡으셨는지
꽃숭어리 가슴팍에 품은 채

꽃길 따라 먼 길로 꿈결인 듯 스르륵

ᄀ슬색 물든

언치냑이 한락산더레
비념ᄒ레 들어간 ᄒ루해
동세벡이 산도롱ᄒ ᄇ름 몰아아젼
설오름 봉오지 우티로 올라감수다

불고롱이 분 찍어 불라둠서
우영팟 감낭 우터레
ᄄᄄᄉᄒ 입짐 부수데기명 올라감수다

홍강ᄒ 감물 받아먹은
우리 아방 갈적삼 갈중벵이
올렛담에 건두롱이 걸터젼
팔자 페왐신디

우영팟딘 쪼락진 풋감이
뭉클뭉클 노리롱이 슬쳐감수다

가을빛 물든

어제저녁 한라산으로
기도하러 들어간 하루해
이른 새벽 시원한 바람 몰고
설오름 봉우리 위로 올라가네

발그스레 분 찍어 바르고
텃밭 감나무 위로
따뜻한 입김 내뿜으며 올라가네

흥건한 감물 받아먹은
우리 아버지 갈적삼 갈줌벵이
올렛담에 시원하게 기대어
팔자 펴는데

텃밭에는 떫은 풋감이
몽실몽실 노랗게 살쪄간다

춤꿰 댓 솔박

팔월 멩질 가차와 가민
혼곡지 말로
큰일 출리는 우리 어멍

느네덜 춤꿰 장만ㅎ지 말라이,

전와기에 돌아진
기십 과짝ㅎ 목청에 스믓 지꺼젼
하간 이왁 주주싸고정 헌디
전와기 믄저 드글락 느려부는 우리 어멍

보청기를 돌아메도
베껏소릴 모듭지 못ㅎ는 귓바쿠
지펭이 심 보태봐도
뒈와지젱만 ㅎ는 준둥이

경ㅎ여도
선네선네 혼차 장만ㅎ 춤꿰 댓 솔박

어멍 귓바쿠엔
춤꿰찍 터는 소리만 걸터 앚안
뱅뱅 도는 셍이라

댓 오누이덜 흔 솔박썩 노놔줄 거랜
톡톡 투두둑
몸 셩흐게 궤양궤양 살아가렌
톡톡 투두둑

푼드랑흔 우리 어멍 ᄆᆞ음이
춤꿰낭에서 자르륵 털어졈쩌
솔박세기에 코시롱이 들어감쩌

참깨 다섯 되

추석 가까워져 가면
한마디 말로
큰일 챙기는 어머니

너희들 참깨 장만하지 말거라,

전화기에 달린
힘 들어간 목소리에 사뭇 기뻐서
별의 별 말 나누고 싶은데
전화기 먼저 달그락 내려놓는 어머니

보청기를 달아도
바깥소리 모으지 못하는 귓바퀴
지팡이 힘 보태봐도
구부려지려고만 하는 허리

그래도
쉬지 않고 느긋이 혼자 장만한 참깨 다섯 되

어머니 귓바퀴에는
참깨 털어내는 소리만 걸쳐 앉아
빙빙 도는지

다섯 오누이 한 되씩 나눠줄 거라고
톡톡 투두둑
몸 건강하고 곱게 살아가라고
톡톡 투두둑

흡족한 우리 어머니 마음이
참깨나무에서 좌르륵 떨어진다
됫박 안으로 구수하게 들어간다

씨감저 저슬즘

저슬만 들민
구덜 시렁이서 줌자단 씨감저
굴묵이서 올라오는
뜻뜻흔 물똥 냄살에 꾸물락꾸물락

마당이선 스락눈 험벅눈 심벡ᄒ멍
보비데기는 소리에
집가제에 들아진 동곳은
더 느실아지곡

막둥이 흠셍이 아시
줌절에
고단흔 어멍 젯가심더레
둥둥 들아지젠만 ᄒ는디

듬삭흔 씨감저에 주짝주짝 나오젠 ᄒ는 쏙눈
낀낀 달레멍 줌제우노렌
양지 벌겅케 달루와진 동짓들 진진흔 밤

씨고구마 겨울잠

겨울만 되면
온돌방 벽장에서 잠자던 씨고구마
아궁이에서 올라오는
따뜻한 말똥 냄새에 꼬물꼬물

마당에는 싸락눈 함박눈 힘겨루기
비벼대는 소리에
처마에 매달린 고드름은
더 날카로워지고

응석둥이 막둥이 동생
잠결에
고단한 엄마 젖가슴으로
동동 매달리려고만 하는데

덩치 큰 씨고구마에 주뼛주뼛 나서려는 싹눈
차분히 달래며 잠재우느라
얼굴 벌겋게 달구어진 동짓달 기나긴 밤

고망난 돌 팔운석

ᄋ답 색깔 구름이 들락날락
신천미 바당정원엔 팔운석이 이선

ᄆ음소곱 바벨탑 기리당 내불어뒁
팔운석 돌코망 소곱에 들어앚앙
하널광 ᄂᆺ대멘 ᄒ민
ᄀ슬벳에 달과진 바우 우터레
부영케 둘려들멍 절 지치는 소리

바당 신광 하널 신이
가근ᄒ게 들어사는 돌코망 소곱
팔운석 처나반을 데멩이에 전 앚이난

하간 욕심으로 버친 몸
쫀물에 활활 헤왕 가렌

절꼿이 이레 찰락 저레 찰락
시리시리ᄒ 메역무데기도 하올하올 춤추곡

구멍난 돌 팔운석

여덟 색깔 구름이 들락날락
신천리 바다정원엔 팔운석이 있어

마음속에 바벨탑 그리다 말고
팔운석 돌구멍 안에 들어앉아
하늘과 얼굴 마주하면
가을볕에 달구어진 바위 위로
서둘러 달려드는 파도 소리

바다 신과 하늘 신이
한데 들어서는 돌구멍 안에서
팔운석 천정을 머리에 이고 앉으니

많은 욕심으로 무거워진 몸
짠물에 훌훌 헹구고 가라고

파도가 이리 출렁 저리 출렁
기세등등 미역 더미도 너울너울 춤추고

찍어낸 스월

그날
개깃더레 돌려가단 웃어져분
하르바지 발즈곡

그 발즈곡을 뜨라가민
칭원흔 웨삼춘 속울음이
뜨라오고
돌포 넹긴 핏뎅이 가심에 쿰은 냥
예펜삼춘이 불르단 그차져분 노랫소리
'웡이자랑 웡이자랑
할망 직흔 우리 애기 울지 말앙 흔저 자라
웡이자랑 웡이자랑'

짚은 젯가심더레 들어가단
뭉글아져분
배골착흔 애기 울음이
던덕진 스월을 찍어냄쩌

와왁흔 날 칭칭이 덖어진 믄지 늘리노렌
곱닥흔 봄날에 건져낸 소리덜은
시가 뒈곡 놀래가 뒈곡

시커름 차보에 지드럼시민
그차진 버스는 또시 오는디
하르바지 입낙은 어디레 가불어신고

밤만 뒈민 우리 할마니가
가심 줍질멍 붸려다 본 하널에서
노린 봄브름이 불어왐쩌

꿈절추룩 노린 ᄉ월을 찍어냄쩌

찍어낸 사월

그날
해변가로 달려가다 사라져버린
할아버지 발자국

그 발자국을 따라가면
억울한 외삼촌 속울음이
따라오고
갓 한 달 넘긴 핏덩이 가슴에 품은 채
외숙모가 부르다가 끊긴 노랫소리
'웡이자랑 웡이자랑
할망 직헌 우리 아기 울지 말앙 흔저 자라
웡이자랑 웡이자랑'

깊은 젖가슴으로 들어가다가
뭉그러져 버린
배고픈 아기 울음이
뒤엉킨 사월을 찍어낸다

어두운 날 층층이 쌓인 먼지 날리느라
고운 봄날에 건져낸 소리들은
시가 되고 노래가 되고

삼거리 정거장에서 기다리고 있으면
끊긴 버스는 다시 오는데
할아버지 약속은 어디로 가버렸는지

밤만 되면 우리 할머니가
가슴 쥐어짜며 쳐다본 하늘에서
노란 봄바람이 불어온다

꿈결처럼 노란 사월을 찍어낸다

히연 굴메

석석흔 동세벡이
사기사발에 궤양ᄒ게 질어 놓은 곤물
오래 전이부떠
어머니의 하널님이 뒈어 준 곤물

곤물을 쿰은 날덜이
뱅뱅 돌단 또시 돌아오멍
가심소곱이서 물ᄌ베기 일어남쩌

온찻 몸에 박싹ᄒ게 핀 열꽂신디
춤 숨킬 심ᄁ장 믄 내어줘뒁
ᄂ랏이 누웡 이신 날이민

똘 벵 구완ᄒ여줍센 비념ᄒ는
ᄀ노롱흔 어머니 목청이
사기사발 곤물 소곱더레 술히 등가정

몸뗑이 트멍트멍 벌겅케 둘라부뜬
열꼿 봉오지덜을
어머니 손바닥으로
슬슬 달루왕 기여들게 호엿주

경 홀 젝마다
비념소리 들은 하널님 슬쩍이 뎅겨갓젠

예배당 혼 번 안 뎅겨난 어머니
손바닥 감지기 가심 소곱더레 웽겨 놔둠서
이지금도 가당 오당 혼 번썩
곤물 떠 낭
하널님 불러옵니께

히영훈 사기사발 소곱 하널님 곹은 물
어머니 비념 궤양 궤양 들어주는 곤물

하얀 그늘

차가운 이른 새벽
사기그릇에 조심스레 떠 넣은 고운 물
오래전부터
어머니의 하느님이 되어 준 고운 물

고운 물을 품은 날들이
빙빙 돌아 다시 돌아오면서
가슴속 물수제비 일어난다

온몸에 가득 핀 열꽃에게
침 삼킬 힘까지 다 내어주고
맥없이 누워 있는 날이면

딸 병 낫게 해달라 기도하는
가느다란 어머니 목소리가
사기그릇 고운 물속으로 스며들어

온몸 구석구석 벌겋게 달라붙은
열꽃 봉오리들을
어머니 손바닥으로
살살 달래어 들어가게 했지

그럴 때마다
기도 소리 들은 하느님 살며시 다녀갔다고

교회 한 번 안 다녀 본 어머니
손바닥 감지기 가슴속으로 옮겨놓고
지금도 가며 오며 한 번씩
고운 물 떠 놓고
하느님 불러들이네

하얀 사기그릇 속 하느님 같은 물
어머니 기도 곱게 곱게 들어주는 고운 물

입에 둘아진 부적

어멍이영 ᄒ루혜원 체우단
체얌 들은 ᄒ극지
"갈 ᄒ 뒈민 굳작ᄒ게 갈 질 잘 가크메
나 울엉 ᄌ들지 말라이"

가시는 질에 ᄌ식덜신디 짐 지워지카
미르셍이 ᄌ드는 우리 어멍

멍구젱이 진 손ᄆ작 소곱에 심져안낸 개용돈
손지 보금지 소곱더레
슬히 디물리멍 짚은 ᄒ숨만

어느 ᄌ식 양지 어둑와져 가민
주멩기돈 툴 툴 털어가멍
멧 헤차 부적으로 둘아멘 말

어멍은 아무상 웃다, 조들지 말라
ᄒ다 ᄌ들지 말라

입에 달린 부적

어머니랑 온종일 지내다가
처음 들은 한마디
"갈 때 되면 갈 길 곧게 잘 갈 테니
에미 때문에 마음 쓰지 말 거라"

가시는 길에 자식들에게 짐 지워질까 봐
미리 걱정하는 어머니

굳은살 박인 손마디 안으로 넣어드린 용돈
손주 주머니 속으로
슬며시 집어넣으시며 깊은 한숨만

어느 자식 낯빛이 어두워질 때면
쌈짓돈 탈탈 털어내며
몇 년째 부적으로 하는 말

에미는 아무렇지 않다, 걱정하지 말거라
조금도 걱정하지 말거라

나 강셍이

강셍아, 나 강셍아
할망이 불러주민 들싹들싹 지꺼진
우리 할망 강셍이, 막넹이 아시
들싹거리당 푸더지민
오마 넉들라, 나 강셍아
물 흔 박세기 입에 물엉 막둥이 상곡두에
푸각푸각 바끄는 우리 할망

강셍아, 나 강셍아
나만 지드리는 귀붉은 나 강셍이
막넹이 불르는 할망 소리에
주짝주짝 나삿단
저레 가라, 치텍이는 우리 할망 흔곡지에
동글락흔 눈 끔막끔막
셋바닥만 멜록멜록

우리 막둥이 든꿈 꾸랜
꼴랑지 슬히 느리는
아꼬운 나 강셍이

내 강아지

강아지야, 내 강아지야
할머니가 불러주면 들썩들썩 기뻐하는
우리 할머니 강아지, 막둥이 동생
들썩거리다 넘어지면
어머 놀랐구나, 내 강아지야
물 한 바가지 입에 물고 막둥이 머리 위로
푸하푸하 내뿜는 우리 할머니

강아지야, 내 강아지야
나만 기다리는 귀 밝은 내 강아지
막둥이 부르는 할머니 소리에
쭈뼛쭈뼛 나섯다가
저리 가라, 외치는 우리 할머니 한마디에
동그란 눈 깜빡깜빡
혓바닥만 낼름낼름

우리 막둥이 단꿈 꾸라고
꼬리 슬며시 내리는
귀여운 내 강아지

숨 돌리기

ᄇᆞ름 팡팡 불곡
돌아 뷩 등어리 실려운 날
한한ᄒᆞ여도

아척마다
조라운 눈 부비데기멍
이레 화륵 저레 화륵
퉤싸복닥 산 세월

범벅진 살렴살이도
어느절에 걸름밧디 들어사젼
씨 읎은 꼿밧이라도 일과져신가

봅서게
똘도 시집 감쩌
아덜도 장개 들키여

버친 둑지가 영도 헉삭허카양

숨 고르기

바람 세차게 불고
돌아누워 등 시린 날
많고 많아도

아침마다
졸린 눈 부벼가며
이리 뛰고 저리 뛰며
시끌벅적 살아온 세월

뒤범벅 살림살이도
어느새 기름진 밭에 들어서서
씨 알찬 꽃밭을 가꿔졌는지

보세요
딸도 시집가네요
아들도 장가들겠네

무거웠던 어깨가 이리도 가벼울까요

오름 그뭄

도껭이가 불어도 끄딱 웃어난 고치낭
프리똥만이도 못흔 진시 이길 심 웃언

어이에 거뭇거뭇 몰라가는
고치섭을 뷀려보난
주글레미 자글자글 늘어가는
나 눗광 어떵사 똑 닮은디사

경헤도
와싹 메운 고치 주랑주랑 둘아멜 거난
가소이 보지 말렌
벳살에 느랏흔 섭상귀 불끈 쿰언
마프름에 건불렴신게

안적은 지저운 오름이 한창인디
고치섭 뷀려보는 나 모심은
상강진 저슬추록 파싹 실룹기만

여름 가뭄

회오리가 불어도 끄떡없던 고추나무
파리똥만큼도 못한 진딧물 이길 힘 없어서

어느새 거뭇거뭇 말라가는
고추 이파리를 쳐다보니
주름 주글주글 늘어가는
내 얼굴하고 어찌나 똑 닮았는지

그래도
독하게 매운 고추
주렁주렁 매달린다고
우습게 보지 말라며
햇살에 늘어진 잎사귀 불끈 품어
마파람에 땀 식히네

아직은 뜨거운 여름이 한창인데
고추 이파리 쳐다보는 내 마음은
살얼음판 겨울처럼 바싹 시리기만

불 가분 가로등

새날 둥기곡 동이 트는
그디가 그디란 굽굽이여
뚠 시상 귀경 흔 번 흐기가
영도 에려우카

진진헌 몸뗑이 고쩌사민
간디족족
둘도 둘롸부뜨곡
벨도 둘롸부뜨민
얼랑빈찍헌 꿈 버무리멍
ᄀ닥ᄀ닥 걸어볼 건디

아여, 아여
흔 자리에 ᄀ만이 사둠서
눈만 곰악닥 텃닥 흐단보난
흑사리 무격 ᄀ튼
가메기 수꾸락 뒈불언

경혜도
돌아상 보민
재엽 센 아이덜
왕왕작작 골목이서 놀 적인
물트락헌 몸뗑이 ᄒ나로
그늘루와줄 수 이선
기십이 과짝ᄒ엿주

살아사주, 심내멍 살아사주
숫풍텡이 ᄀ튼 준디니 공으로 산 세월
허멩이문세 내우지 말아사주

불 꺼진 가로등

자정을 넘기고 동이 떠오르는
그곳이 그곳이라 갑갑하네
딴 세상 구경 한번 하기가
이리도 어려울까

긴 몸뚱이 옮겨 서면
가는 곳마다
달도 따라오고
별도 따라붙는
눈부신 꿈 버무리면서
뚜벅뚜벅 걸어볼 텐데

에고, 에고
한 자리에 가만히 선 채
눈만 감았다 떴다 하다 보니
텅 빈 흑사리 같은
까마귀 숟가락 되어버렸네

그래도
뒤돌아보면
개구쟁이 아이들
시끌벅적 골목에서 놀 적엔
실한 몸뚱이 하나로
보살펴줄 수 있어서
기운이 넘쳐났지

살아야지, 기운 내며 살아야지
견디는 공으로 산 세월
부질없게 만들지 말아야지

배붕뎅이

깍꼴렝이로 밥먹은 사름 그릇 설를락

뽕뽕헌 나 배를 내세우멍
성덜이 지와논 벨량, 배붕뎅이

성덜이영 흔당에 들언
그릇 설를 당번에 끼와진 날
두 성덜은
뽕끌랑흔 나 배를 증거로 내세와뒝
그릇 설를 당번에서 빠져나가 불언

깍꼴렝이로 밥먹은 죄깝
배붕뎅이 배만 매번 터지곡
눈물ㅈ베길 흘쳐봐도
그릇 설를 추례에서 빠져나오들 못ㅎ연
배풍뎅이의 을큰홈만 하영 커져갓주

우리 어멍 구순 생일 날
나 배 보단 더 뽕끌랑 흔 배 드물리젠
밥 방울 세멍 먹는 두 성덜 앞이서
"오널 족은년 아니라도 그릇 싯칠 당번 하신게"

나 양지에 늘어가는 주글레미
확 페와준 어멍 흔곡지로
단 판 승

배불뚝이

맨 꼴찌로 밥 먹은 사람 설거지하기

빵빵한 내 배를 내세워
언니들이 지어놓은 별명, 배불뚝이

언니들과 함께
설거지 당번에 합세한 날
두 언니들은
뻥뻥한 내 배를 증거로 내세우고
설거지 당번에서 빠져나갔지

맨 꼴찌로 밥 먹은 죗값
배불뚝이 배만 매번 터졌고
눈물덩이 흘려봐도
설거지 차례에서 빠져나오지 못하고
배불뚝이의 억울함만 더 늘었지

우리 어머니 구순 생신날
내 배 보다 더 빵빵해진 배 감춰놓으려
밥 방울 세면서 먹는 언니들 앞에
"오늘 막내딸 아니라도 설거지할 당번 많네"

내 얼굴에 늘어가는 주름
반듯하게 펴 준 어머니 한마디로
단 판 승

어느 늦ᄀᆞ슬

질 유어분 두린아이추룩
우영팟 풋감낭 가젱이에
둥둥 둘아진 홍시 ᄒᆞ나

헐렁헌 허공더레 귀 자울이멍
계절의 굴메를 게와넘쩌

나 이더레
지게작쉬 슬히 놔뒌 감시메
이레 오민 쉼팡
저레 가민 질팡이난
다울리지 아니ᄒᆞ여도
느 나 홀 거 읏이 사름 사는 게
들고 나가는 ᄌᆞ연광 ᄒᆞᆫ ᄆᆞ음인디

둑지에 버친 짐 헉삭이 ᄂᆞ려놓곡
느도 나도 푸지근ᄒᆞ게 놀멍 쉬멍
양지 벌겅케 케우당 가게

어느 늦가을

길 잃은 어린아이처럼
텃밭 감나무 가지에
동동 매달린 홍시 하나

헐렁한 허공으로 귀 기울이며
계절의 그림자를 뱉어낸다

나 이곳에
지게 받침 슬며시 놓고 갈 테니
이곳에 오면 쉼팡
저곳으로 가면 짐팡이니
다그치지 않아도
너 나 할 것 없이 사람 사는 게
들었다가 나가는 자연과 한마음인데

어깨에 무거운 짐 시원하게 내려놓고
너도 나도 흡족하게 놀며 쉬며
얼굴 벌겋게 태우다 가자

아척이 듣는 노래

아척마다 창문 올민
섭상귀 덩방흔 사오기낭 트멍이서
존가젱이 멩심멩심 흥글멍
기십 빠진 날 일려세우는
춤생이 소리

호구흔날 쩩 쩩 쩩 쩩

춤생이 뒈언 늘아가분
어머니의 짓퍼펑흔 목청 닮안

그랑그랑흔 무음
톨 톨 털어내멍
오늘 흐루도 궤양흐게

귓바쿠에 감장도는
어머니 목청 믄 믈라불기 전이

아침에 듣는 노래

아침마다 창문 열면
무성한 벚나무 잎사귀 틈새로
잔가지 조심스레 흔들며
나약해진 나를
깨우는 참새 소리

날마다 짹 짹 짹 짹

새가 되어 날아가신
어머니의 짙푸른 목청 같아

너덜해진 마음
털털 털어내며
오늘 하루도 곱게

귓바퀴에 맴도는
어머니 목소리 다 마르기 전에

사름 멩글기 1

대체 사름이 뒈젱 홈인지
몰르켄ᄒ멍
짓 야단친 것도 부작ᄒ연
ᄆ큰 매를 들른 날
컴퓨터 줄을 ᄆ딱 빠불엇다

방흑마다 돈벌이 멧번 ᄒ연게만

어멍 생일이엔
카네이션 꼿바구리를
퀵으로 보내왓다

카드를 율안보난

'안적도 사름 뒈는 연십 중인 아덜'

사람 만들기 1

대체 사람이 되려는지
모르겠다며
호되게 꾸짖은 것도 모자라
흠씬 매를 든 날
컴퓨터 줄을 몽땅 뽑아버렸다

방학마다 알바 몇 번 하더니

엄마 생신이라며
카네이션 꽃바구니를
퀵 서비스로 보내왔다

카드를 열어보니

'아직도 사람 되는 연습 중인 아들'

사름 멩글기 2

어머니, 그거 튼나점수과?
미신 거?
오널추룩 어머니가
베꼇디 나갓당 들어오는 날이민
컴퓨터 줄을 몬 빠불어낫수게?
어게, 그땐 느가 잘도 무수완 경헷주기,
무사마씀?
나 아덜이 사름 아니 뒈카부덴게,
헐~ 어떵ᄒ코?
무사말가?
나 안적도 사름 뒐 날 멀어신디…

사람 만들기2

엄마, 그거 생각나?
뭘?
오늘처럼 엄마가
밖에 나갔다 들어오는 날이면
컴퓨터 줄을 몽땅 뽑아버렸잖아?
응, 그땐 네가 무지 무서워서 그랬지,
왜요?
내 아들이 사람 안 될까봐,
헐~ 어쩌지?
왜?
나 아직도 사람 될 날 멀었는데…

사름 멩글기 3

게임 홈엔
즈냑도 실프댄 ㅎ는 아덜신더레
"느 사름은 뒈젱 홈이냐?"
ㅎ단 보난
어이에 커젓고랜 군대꼬지 갓단 완

저거 이제 사름 뒛구나게,

ᄆ슴 폭 난 싯거들랑
전공헌 직장일 드글락 ㄴ려놔불언

아고게, 어떵ㅎ리
저거 사름 될 날 멀엇고나게,

ㅎ여 본 도래 웃이
ㅎ구흔날 밤새낭 눈 짓벌겅ㅎ게
책상 받아 앚안게만
새 직장 얻엇고랜

둑지 과짝 페우멍 글는 말
"새각시ᄀ슴 생겨시난 장개 보내줍서"

아고게, 이 노릇이여
나 주멩기만 틀 틀 털려불게 생겻고나게,

경혜도 지꺼진게
우리 아덜
제라ᄒ게 사름 멩그는 일이난

사람 만들기 3

게임 하느라
저녁밥도 싫다는 아들에게

"너 대체 사람은 되려고 하는 거니?"하다 보니
어느새 컸다고 군 복무도 마치고

저 녀석 이제 사람 다 되었구나,

마음 푹 놓고 있었는데
전공한 직장일 툭 내려놓아 버리고

어머나, 어쩌자고
저 녀석 사람 될 날 멀었구나,

예전에는 없었던 일
매일매일 밤새도록 눈 새빨갛게
책상 받아 앉더니만
새 직장 얻었다며

어깨 쫙 펴면서 하는 말
"신부감 생겼으니 결혼시켜 주세요."

어머나, 이를 어째
내 주머니만 탈탈 털리게 생겼네,

그래도 행복한 일
내 아들
제대로 사람 만드는 일이니까

강넹이꼿 팡, 펑

저슬 들민 우리 무을 시커름에
귀창 터지게 피어나는 강넹이꼿

깡통 소곱에 숨뿍 담아진
노린 강넹이
불통 소곱더레 확 디물리민
펀게광 울뤠광 잘 버무려진 강넹이알
펀쩍펀쩍 화릉화릉
강넹이고장 피우노렌 벵글벵글

펀게여, 울뤠여 흐쏠만 춤으라
싯 시민 나오라
흐나 둘 싯,
팡, 펑!
나도 금칠락, 느도 금칠락

강넹이만 스뭇 지꺼전
꼿벙뎅이 히영케 헤싸놈신게

옥수수꽃 팡, 펑

겨울이면 우리 마을 삼거리에
귀청 터지도록 피어나는 옥수수꽃

깡통 속에 가득 담긴
노란 옥수수
불통 속으로 집어넣으면
번개 천둥이 잘 버무려진 옥수수알
펀뜩펀뜩 화릉화릉
옥수수꽃 피우느라 빙글빙글

번개야, 천둥아 조금만 참으렴
셋 세면 바로 나오렴
하나 둘 셋,
팡, 펑!
나도 깜짝, 너도 깜짝

옥수수만 사뭇 기쁘다고
꽃무더기 하얗게 늘어놓아요

#3 제주어 시

할마니의 꿈

"저디 주짝ᄒ게 올라간 건물도 아파토가?"
"할마니, 아파토가 아니곡양,
하간 장시ᄒ는 디마씀."
"에에, 장시사 오일장도 싯곡
매일장도 신디게,
나 귿이 좋애 황당ᄒ 늑신넨
뎅기지 말랜헌 디고나게."

오일장에 가켄ᄒ 할망
손지 손 ᄇᆞᆯ끈 심어둠서
드림타워 엘리베이터 소곱더레
들어간게만

주문 걸어놓은
삐이징오리 ᄒ 무리에
구순 꿈이 헤영케 부꺼가고

할머니의 꿈

"저기 우뚝 올라간 건물도 아파트니?"
"할머니, 아파트가 아니고,
별의별 장사하는 곳이에요."
"에구, 장사야 오일장도 있고
매일장도 있는데
나처럼 다리 불편한 늙은이들은
다니지 말라는 곳이구나."

오일장에 가겠다던 할머니
손자 손 불끈 잡고서
드림타워 엘리베이터 속으로
들어가시더니

주문해 놓은
뻬이징오리 한 마리에
구순 꿈이 하얗게 부풀어가고

곱져 놓은 우산

멋엥 시키는 말만 호민
다 컷고랜
어멍을 フ리치쳉만 호는 똘레미

어느절에 이녁 짝 만난
새살렴에 주미 부쩐게만
어멍 손 빌리는 일 호나 웃일 거랜 호는
똘레미 말에

기여, 기여
제발 경만 호여도랜 굳단 보난
흔 날은
할망소리 듣게호여 줄거난
어멍네 집 フ끗디로 이사 홀 거랜
아기 낳으민
손지영 하영하영 놀아줍센

에에,
경흐민 경흘텝주
영흡서 정흡서 흐멍
어멍을 시키기 좋아흐는
뜰레미 폰에 저장 된 이녁 어멍 벨량은
'나 전부'

기여,
애시당추 날 믄딱 이녁 거렌 흐여시난
이 어멍 느 거난
잘 알앙 뫼시라이,

경혜도
뜰레미 울엉 곱져 놓은 우산은
비 맞일 일 엇이
나 가심소곱에 잘 가냥흔 냥

숨겨 놓은 우산

뭐라고 시키는 말만 하면
다 컸다고
엄마를 가르치려고만 하는 딸

어느새 자기 짝 만나
새살림에 재미 붙이더니
엄마 손 빌어 할 일 하나 없을 거라는
딸의 말에

그래, 그래
제발 그렇게만 해달라고 당부했는데
어느 날
할머니 소리 듣게 해주겠다며
엄마 집 근처로 이사한다고
아기 낳으면
손주랑 많이 놀아달라고

아무렴
그러면 그렇겠지
이렇게 하세요 저렇게 하세요
엄마를 가르치려 드는
딸의 폰에 저장 된 나의 닉네임은
'내 전부'

그래,
애초부터 나를 다 네 것이랴 했듯이
이 엄마 너의 것이니
잘 알아 모시거라,

그래도
딸을 위해 숨겨 놓은 우산은
비 맞을 일 없이
내 가슴속에 여전히 남겨 둔 채

마게, 마 마

초복 날
삼계탕 먹젠 상촐려 앚아신디
수꾸락도 들기 전이
독다리 ᄒ나 복 틀언

"마, 마"
손지 사발더레 딜이치는 우리 어멍

어느 여이에 또시
남은 독다리 ᄒ나 틀언
나 사발더레 딜이치멍
이걸랑 느 먹으라이,
"마, 마"

나가 마우덴 ᄒ는 말 들을 새 웃이
"마게, 마 마"

보다 못헌 손지가
"할마닌 무사
우리만 보민
마 마 마 흐멍
하간거 믄 줘불젱만 헴수과?"

손지 말에 대답 대력
빙섹이 웃임만 흐는 우리 어멍
그자 입에 둘안 산 말
마게, 마 마

당신 거 틀틀 털어낸 말

아은싯에 그차처분 말
마게, 마 마

마게, 마 마

초복 날
삼계탕 먹으려 상 차리고 앉았는데
수저도 들기 전에
닭다리 하나 뜯더니

"마, 마"
손주 그릇으로 집어넣는 어머니

어느 틈에 다시
남은 닭다리 하나 뜯어
내 그릇 속으로 집어넣으시면서
이것은 네가 먹어야 한다며
"마, 마"

내가 사양하는 말 들을 새 없이
"마게, 마 마"

보다 못한 손주가
"할머니는 우리만 보면
왜 자꾸
마 마 마 하면서
다 퍼주시려고만 하세요?"

손지 말에 대답 대신
미소만 보이셨던 어머니가
그저 입에 달고 살았던 말
'마게, 마 마'

당신 거 탈탈 털어낸 말

아흔셋에 끊겨버린 말
'마게, 마 마'

제주어

퍼데기

자고 나민
흔 눈금썩 몸 늘류우멍
실린 ᄇᆞ름 쿰은 속
버렝이 밥 뒈카 줌막줌막
펀게 울뤠에 노렌 가심 씰어ᄂᆞ리던
경흔 날이 이섯주

흔 포기의 온찻 생을 기리멍
온몸으로 생의 굴곡을 넘어살 젝마다
구석진 가심팍에
ᄃᆞ물 줄거리 쟁여놓고

그제사 펜안ᄒᆞ게
노린 속살을 쿰어난 페적
퍼데기

그 소곱엔 어미의 숨골 ᄄᆞ라
펑퍼짐흔 나가 들어사고 이섯다

겉배추

자고 나면
한 눈금씩 몸 늘리면서
시린 바람 품은 속
벌레 밥 될까 움칠움칠
천둥 번개에 놀란 가슴 쓸어내리던
그러한 날이 있었지

한 포기의 완성된 삶을 그리며
온몸으로 생의 굴곡을 넘어설 때마다
후미진 가슴골에
단물 줄기 쟁여놓고

비로소 평온해진
노란 속살을 품었던 흔적
퍼데기

그 속에 어미의 숨골 따라
펑퍼짐한 내가 들어서고 있었다

돌아상 보민

생각만 헤도
늣만 뭬려봐도
가심 탕탕 쿠단 그때 이섯주게

심은 손봉오지도 똣똣
ᄆᆞ음도 똣똣
이녁광만 흔디 이시민
안 먹어도
배고픈 중 몰를 때가 이섯주게

비 흔주제 느려나민
어랑어랑흔 꼿밧디 들어앚인 벌 떼추룩
그추룩 알콩둘콩
청 뿔아먹어난 시절

무사게
돌아상 보민
우리신디도 경흔 시절이 이섯주게

뒤돌아보면

생각만 해도
쳐다만 봐도
가슴 두근거리던 그때 있었지요

잡은 손끝도 따뜻
마음도 따뜻
당신과 함께 있으면
안 먹어도
배고픈 줄 모를 때가 있었지요

비 한 차례 내리고 나면
싱싱한 꽃밭에 들어앉은 벌 떼처럼
그렇게 알콩달콩
꿀 빨아먹었던 시절

왜요
뒤돌아보면
우리에게도 그런 시절이 있었지요

아버지광 장미

싯벌건 험벅테기
바농질로 잇어가멍
난생 체얌 멩글아 놓은 장미꼿
빈 깡통에 흐뭉텡이 꼽아 놓으멍
장미 까시를 못 멩글앗젠헌 아버지

그땐 경ㅎ엿수다
당신의 눈빗만 뷔려도 심장이
쪼그라들엇고
당신의 헛지침 소리만 들어져도
곱을락ㅎ듯 ㅎ엿수다

느량 까시로만 뷔려져난 아버지

빈 깡통에 꼽아 놓은
까시 엇인 발강ㅎ 장미꼿이

아버지 ᄆᆞ음이란 걸 넘이 늦이 알아불엇수다

아버지와 장미

빨간 누더기 조각조각
바늘로 이어가며
난생 처음 만드신 장미꽃
빈 깡통에 한아름 꽂아 놓으시며
장미의 가시를 못 만드셨다던 아버지

그때는 그랬습니다
당신의 눈빛만 봐도 심장이
쪼그라들었고
당신의 헛기침 소리만 들려도
숨바꼭질 놀이하듯 하였습니다

늘 가시로만 보였던 아버지

빈 깡통에 꽂아 놓은
가시 없는 빨간 장미꽃이

아버지 마음이란 걸 너무 늦게 알아버렸습니다

어떤 벤심

나 ᄆᆞ음 원웃이
받아 보아신가?

우리가 맺은 인연
어느 만이나 뒈엇젠
볼쎄 정다스리기 연십에
돌텡이가 뒈어가는 ᄋᆞ녀리ᄌᆞ식

느광 나
허락뒌 우리에 인연은
제우 두 해 베끼,

폰, 이제 나도 벤심 들기 시작ᄒᆞ다

어떤 변심

내 마음 원 없이
받아 보았니?

우리의 인연이
얼마나 되었다고
벌써 정 떼기 연습에
목석이 되어가는 요 녀석

너와 나
허락된 우리의 인연은
고작 두 해 뿐,

폰, 이제 나도 변심의 시작이야

붕어는 쩨다

붕어 흐나
붕어 둘
붕어 싯 닛 다숫 ...
흔눈풀민 아니 뒈

불에 잘 달과진 원판 소곱 붕어
젖인 꼴랑지 바싹 믈류우멍
꿈소곱이서 깨어남쩌

저슬ᄇ름이 험벅눈을 믈아아정
아파트로 들어가는 골목질은
붕어신디 홀딱 넘어가불고

집으로 들어가는 발질 붙잡아 낭
돌곡 돌아그네 온 소망

붕어는 흔짓네
붕어빵을 내와 내곡 내와 낸다

붕어는 세다

붕어 하나
붕어 둘
붕어 셋 넷 다섯 …
한눈팔면 안 돼

화끈하게 달아오른 원판 속의 붕어
젖은 꼬리 바싹 말리면서
꿈속에서 깨어난다

겨울바람이 함박눈을 몰고
아파트로 들어서는 골목길은
붕어에게 점령당하고

집으로 들어가는 발길 붙들어 놓고
돌고 돌아서 온 소망

붕어는 쉬지 않고
붕어빵을 산란시키고 있다

사는 거가 미시거랑

먹고 사는 게
골착흔 배 소곱더레 물 후루싸듯
괄락괄락 채와지는 거엥 ᄒᆞ민
통장 수정 세어보곡
계산기 두두려 가멍
새 아파트 분양깝 반도 아니 뒈는 여산에
물기 빠진 웃임만 웃어지진 아니ᄒᆞᆯ테주

가는 세월에 둥둥 둘아진
트멍 ᄉᆞ이로 붸려지는
꼿 ᄀᆞᇀ은 결

ᄒᆞ구정 흔 거
가고정 흔 디레
젖인 숨 불어 놓으멍
ᄆᆞ음을 ᄆᆞᆯ류우는 거

에라,
그거가 먹으멍 살아가는 거주게

사는 게 뭐라고

먹고 사는 게
허기진 배에 물 집어넣듯
벌컥벌컥 채울 수 있는 거라면
통장 개수 헤아리고
계산기 두드려 보면서
새 아파트 분양값 반도 안 되는 계산에
물기 빠진 웃음을 반복하진 않겠지

가는 세월에 동동 매달린
틈 사이로 보이는
꽃 같은 결

하고 싶은 것
가고 싶은 곳에
젖은 숨 불어 놓으며
마음을 말리는 것

에라,
그게 먹고 사는 게지

고사리

ᄉᆞ월 제주의 드릇은
고사리 시상

등 굽엉 인ᄉᆞᄒᆞ는 사름광은 잘 통ᄒᆞ주

절깝이 싯젱
누게신디나 다 주는 건 아니엔

저슬을 ᄌᆞ뎌낸 드릇에
ᄉᆞᆯ이 돋은 것엔
ᄇᆞ지런ᄒᆞᆫ 사름만 ᄆᆞ음이 통ᄒᆞᆫ댄

봄비가 밤새낭 ᄂᆞ리당 멎이민
또시 시작ᄒᆞ는 일보일배의 행진

ᄆᆞ음새 좋은 사름덜 등 굽은 인ᄉᆞ에
어랑어랑ᄒᆞᆫ 손 들르멍 악수 청ᄒᆞ는
고사리

고사리

사월 제주의 들녘은
고사리 세상

등 굽어 인사하는 사람과는 잘 통하지

절값이 있다고
누구에게나 다 주는 건 아니라고

겨울을 견뎌 낸 들판의 뼈에
살이 돋은 거라고
부지런한 사람만이 마음이 통한다고

봄비가 밤새 내리다 멎으면
또다시 시작되는 일보일배의 행진

겸손한 자들의 등 굽힌 인사에
어린 손 들어 악수 청하는
고사리

경흔 날 싯주게

빗방을 소리가 흙어질 때
오래전이 ᄀ무끈 발모게기
칭칭 알릴 때가 싯주

일뤠 만이 본 어머니
흔 해 만이 본 것추룩 느껴진 날
가시에 박은 것추룩
왈칵 올라올 때가 싯주

알콜에 쩐 냥 줌든 서방
미움 흔 줌
해장국에 데껴놓으민
ᄇ글ᄇ글 물부끌레기
측은지심이 올라 올 때가 싯주

어두룩헌 기억 소곱이서
ᄀ물ᄀ물 올라오는 쳇ᄉ랑

묻엇단 추억이 나신디도
셔낫고나 생각들 때

옴팍 들어가단 양지
벌겅케 올라올 때가 잇주

든 걸 먹어도 들지 안 ᄒ는 날
막걸리 ᄒ 잔 두 잔
들으싸도 취ᄒ들 아니ᄒ는 날

기영ᄒ 날 나신디도 이실 때가 싯주게

그런 날 있지

빗소리가 굵어질 때
오래전에 삐걱한 발목
으스러지게 아플 때가 있지

일주일 만에 뵌 어머니
일 년 만에 뵌 것처럼 느껴진 날
가시에 찔린 것처럼
울컥할 때가 있지

알콜에 찌든 채로 잠든 남편
미움 한 줌
해장국에 던져놓으면
보글보글 물거품
측은지심이 끓어오를 때가 있지

어슴푸레한 기억 속에서
스멀스멀 올라오는 첫사랑
묻었던 추억이 내게도
있었구나 싶을 때

움푹 들어가던 볼이
붉게 올라올 때가 있지

단것을 먹어도 달지 않는 날
막걸리 한 잔 두 잔
마셔도 취하지 않는 날

그런 날이 나에게도 있을 때가 있지

#4 제주어 시

해바라기 멩심멩심

진득어니 가심에 쿰은 냥
오롯이 살아온 넘은 날덜

혜싸 놓은 고백 포따리
ᄀ물ᄀ물 밀려드는
짊어진 ᄉ연
가심소곱 송글송글 밑걸름 뒈신게

살 만이 살앗젠
거무룽ᄒᆞᆫ 구름 하위염 ᄒᆞᆫ 번에
좌라락 ᄎᆞᆫ물 치덱이는
비의 맞장구

알알이 ᄋᆞ물아가는
발착이 젖인 ᄋᆞ름날의 해바라기

해바라기 주의보

끈끈한 행적 가슴에 품은 채
묵연히 살아 온 지난날들

풀어 놓은 고백 보따리
어슴푸레 밀려드는
짚어진 사연
가슴속 송글송글 밀알 되었네

살 만큼 살았다고
잿빛 구름 하품 한 번에
쫘르르 찬물 쏟아붓는
비의 맞장구

알알이 영글어가는
흠뻑 젖은 여름날의 해바라기

깜냥 놀이

그도 저도
다 나 거가 아닌 거주

나으만 나 거

ᄒ주만
알 수 엇인 건,
나 나으깝

경혜도 좋은게
몰라도 좋은게
하늘이 좋으난
ᄀ슬비가 좋으난

새우리 감저 호박
거기다 매운 고치 송송
맵지롱ᄒ게 지지미 지져놓곡

벗덜 불러 모왕
탁배기 흔 사발에
깜냥 놀이나 ᄒ여보카

깜냥 놀이

그도 저도
다 내 것이 아닌 것

나이만 내 것

하지만
알 수 없는 건,
내 나잇값

그래도 좋아
몰라도 좋아
하늘이 좋아서
가을비가 좋아서

부추 감자 호박
거기다 땡초 송송
매콤하게 부침개 부쳐놓고

친구들 불러 모아
막걸리 한 잔에
깜냥 놀이나 해볼까나

안적도 장미

오월 장미에 찔렷젱 우기민
그건, 장미의 까시에
이녁 새끼손꾸락을 걸어낫단 따문일 테주

애븟따난 스랑도
다 싯뻘건 거짓깔이엇젠
지와분 지 아마뜩 헌디

피어나는 것덜은
웃어지는 것덜을 불끈 심엉
붉은 그뭇을 기려놓곡
박싹ᄒ게 피어난 꽃섭은 무데기로
나신더레 ᄆ음을 풀어놓기 시작ᄒ다

드망드망 생의 트멍을 메우멍
이녁을 물엉 또시 피어남니께

싯뻘건 거짓깔추룩

아직도 장미

오월 장미에 찔렸다고 우기면
그건, 장미의 가시에
당신의 새끼손가락을 걸어놨기 때문이지

애태웠던 사랑도
다 새빨간 거짓말이었다고
지워버린 지 까마득한데

피어나는 것들은
사라지는 것들을 움켜쥐고
붉은 줄을 그려놓고
흐드러진 꽃잎들은 무더기로
나에게로 마음을 쏟아놓기 시작한다

듬성듬성 생의 틈새를 메우며
당신을 물고 다시 피어납니다

새빨간 거짓말처럼

ᄀ슬 메아리

아 에 이 오 우~
땡벳이서 목청 카지도록
연십ᄒᆞᆫ 발성법
아니 아니 그것도 부작ᄒᆞ여

목 축이노랜
파랑케 젖인 ᄀ슬 하널을
괄락괄락 숨져불엇주

목고망이 몰랑몰랑
가심은 활활 타올르곡
초싱들의 오몽 ᄯᅡ라 온산이 홍글렴서

오~
이제사 터져나오는 웨울음
제라ᄒᆞᆫ 낙엽 붋으는 소리
사그락 사그락

발 알러레 들어사는 ᄀ슬 메아리

가을 메아리

아 에 이 오 우~
한여름 땡볕에서 목청 터지도록
연습한 발성법
아니 아니 그것도 부족해

목 축이려고
파랗게 젖은 가을 하늘을
벌컥벌컥 마셔버렸어

목구멍이 말랑말랑
활활 타오르는 가슴
초승달의 움직임 따라 온산이 흔들거려

오~
드디어 터져나오는 함성
완성된 낙엽 밟는 소리
사그락 사그락

발 밑으로 머무는 가을 메아리

벡지 블르는 날

안방 빈지에 ㅂ짝 부떠둠서
봉오지 채 페우지 못헌 목단고장
도배사 느신 손에 복복 칮어지멍
삽시에 멕사리웃이 털어지는
그림제 얼룩

빈지에 넘이 오래 심어낭 미안ㅎ던
우리 식슬덜 돼싸복닥ㅎ는 소리
속솜ㅎ게
잘 들어줜 고맙던

가두와 놓은 하세월
ㅋ클ㅎ게 씰어모돤 보내멍
다음 생애랑
활싹 핀 꼿으로 살아가렌
중은중은 ㅎ는디

"빈지에 부떵 이서난
꼿봉오지 만이도 못ᄒᆼ영 미안ᄒᆞ여이"

탁베기 ᄒᆞᆫ 사발 들으싼 서방 ᄒᆞ곡지에
굳은 나 양지가 확 페와지곡
우리 집 빈지가 훤헤지곡

어이에
털어진 목단봉오지
씨가 뒈곡 꼿이 뒈언

벽지 바르는 날

안방 벽에 꽃봉오리로 바짝 붙은 채
미처 피우지 못한 모란
도배사 날 선 손에 찢겨 지면서
순식간에 맥없이 떨어지는
그림자 얼룩

벽에 너무 오래 잡아놔서 미안하다고
우리 식구들 시끌벅적 볶아대는 소리
말없이
잘 들어줘서 고맙다고

가둬놓은 하세월
깨끗하게 쓸어모아 보내면서
다음 생애엔
활짝 핀 꽃으로 살아가라고
중얼거리는데

"벽지에 붙어 있었던
꽃봉오리만큼도 못해서 미안하네그려."

막걸리 한 사발 들이마신 남편의 한마디에
굳었던 내 얼굴이 쫙 펴지고
우리 집 벽이 환해지고

떨어진 모란 봉오리
어느새
씨가 되고 꽃이 되었네

수제 밥상

해물탕 배설탕 도가니탕 족탕 웁갈리탕 뼤감저탕
식당 빈지에 크찡이 박아진 메뉴

수제 밥상 칩이엔 어멍 모션 가신디
이것도 말다 저것도 말다
ᄒ단 버치난
손이로 멩근 장쿡을 주문ᄒ여도랜

놈 웃이카부덴 추물락 ᄒ연
사름덜 ᄂ을 솔피는디
식당 주연 ᄒ곡지

"나 손이로 멩근 묨쿡인디
ᄒ번 맛 봐 주시쿠과?"

어멍 보멍 빙섹이 웃어주는
식당 주연의 불그롱ᄒ 양지에서
손맛이 확 풍겨왐쩌

수제 밥상

해물탕 내장탕 도가니탕 족탕 갈비탕 뼈감자탕
식당 벽에 가지런히 박힌 메뉴

수제 밥상 집이라고 어머니 모시고 갔는데
이것도 싫다 저것도 싫다
하다하다 하는 말이
손으로 만든 장국을 시켜달라고

남 웃을까 봐 깜짝 놀라
사람들 얼굴을 살피는데
식당 주인 한마디

"제 손으로 만든 몸국인데
한번 맛봐 주시겠어요?"

어머니께 방긋이 웃음 던져 주시는
식당 주인의 붉게 물든 얼굴에서
손맛이 물씬 풍겨온다

막끗 혼 장

밤새낭 복복 털단
창틀로 퀴어ᄂ린
와상헌 감섭의 용감헌 나들이에
추물락 혼 건 나 뿐
질루지만썩의 일름으로
낭가젱이에 둥둥 돌아져둠서
할딱거렷단 호흡
제라 혼 낭섭으로 털어젼
십이월 쳇 날
혼 장 남은 달력의 풍광으로
나안터레 다가온다

마지막 한 장

밤새 추위에 덜덜 떨다가
창틀로 뛰어내린
바싹 마른 감잎의 용감한 외출에
놀란 건 나 뿐
저마다의 이름으로
가지 끝에 매달렸던
가쁜 호흡
완성된 낙엽으로 떨어져
십이월 첫 날
한 장 남은 달력의 풍경으로
나에게 다가온다

ᄀ슬 은행

ᄒᆞᆫ 철 또시 ᄒᆞᆫ 철을 ᄌᆞ뎌낸
누렁케 타들어 간
은행낭덜신디
밤새낭 ᄀ슬비로 어름씰어줫단 하늘
써넝ᄒᆞᆫ ᄇ름 불러다 놘
구름 이불 ᄆᆞ릅노렌
꿍꿍 장석ᄒᆞ여난 폐적

낭가젱이마다 노랑은행이 ᄌᆞ랑ᄌᆞ랑
ᄀ슬을 ᄆᆞᆯ캉ᄒᆞ게 익힌다

가을 은행

한 철 또 한 철을 지켜내느라
누렇게 타들어간
은행나무에게
밤새도록 가을비로 다독여주던 하늘
찬바람 불러들여 놓고
구름 이불 말리느라
끙끙 앓았던 흔적

나뭇가지마다 노란은행이 주렁주렁
가을을 물컹하게 익힌다

아멩 봐도 곱다, 가시리

나의 태 순 땅 가시리 본동엔
ᄆ을을 멩근
한천 이와기가 퀴어나오고
나 두릴 적이 허물 날 젝마다
우리 어멍 동세벡이 뎅겨난
문씨할망당에선 비념소리가 새어나오곡

두리물엔
물에서 놀단 벗덜 훔마
물구신 뒐 펀흔 구석물내창이 살안 싯고
안좌름엔
한락산 신을 뫼시는 소꼽지당에서
설문대할망 이와기가 피어나곡
생기동엔 너분못이
폭낭ᄆ루엔 종서물이
역머리왓엔 센 화살을 닮은 강궁이ᄆ루가
가시리를 든든ᄒ게 지쳤섯다

4·3으로 엇어져분 ᄆ을 새가름터를 넘곡
4·3잣담을 넘엉

먹먹흔 가심 씰어느리멍
사슴이오름으로 가는 녹산질로 들어사민

박싹흐게 핀 유채꼿질
사오기꼿질을 ㄱ로질르멍
ᄆᆞᆯ 타그네 갑마장질을 짓 돌리구정흔다

퍼렁흔 이끼융단 꼴아놓은 가시내창에서
물장난 치멍
두린 시절 꿈을 키와 준 가시리

본동 두리물 안좌름 생기동 폭남ᄆᆞ루 역머리왓
가는 디마다
ᄉᆞᆺ시ᄉᆞᆺ철 덤방헌 낭덜쾅 꼿질

고단흔 삶을 받아주는
일만팔천 신의 소곱엣 소리
귀자울영 들을 수 이신
나의 태손 땅 가시리

아멩 봐도 곱다, 가시리

아무리 봐도 곱다, 가시리

나의 태 손 땅 가시리 본동에는
마을을 설촌한
한천의 이야기가 살아있고
내 어릴 적 허물 날 때마다
우리 어머니가 동틀녘에 기도 다녔던
문씨할망당에선 기도소리가 새어나오고

두리물엔
물놀이하던 내 친구
물귀신 될 뻔한 구석물내가 살아 있고
안좌름엔
한라산 신을 모시는 소곱지당에서
설문대할망 이야기가 피어오르고
생기동엔 너분못이
폭남모루엔 종서물이
머리왓엔 센 화살을 닮은 강궁이모루가
가시리를 든든하게 지키고 있다

4·3으로 사라져버린 마을 새가름터를 지나고
4·3잣담을 지나

먹먹한 가슴 쓸어내리며
사슴이오름으로 가는 녹산질로 들어서면

흐드러지게 핀 유채꽃길
벚꽃길을 가로지르며
말을 타고 갑마장길로 마구 달려가고 싶어진다

푸른 이끼융단 깔아놓은 가시천에서
물놀이 즐기며
어린 시절 꿈을 키워줬던 가시리

본동 두리물 안좌름 생기동 폭남ᄆ루 역머리왓
가는 곳마다
사시사철 우거진 나무숲과 꽃길

고단한 삶을 받아주는
일만팔천 신의 내밀한 소리를
엿들을 수 있는 곳
나의 태반을 묻은 땅 가시리

아무리 봐도 곱다, 가시리

양영길 문학박사

순박한 깜냥 놀이,
그 시간 여행

| 해설 |

김정미의 시세계
|
순박한 깜냥 놀이, 그 시간 여행

1.

'챗 GPT'로 글 쓰는 시대에 김정미 시인의 아날로그적 글쓰기에는 막걸리 냄새가 났다. 화장하지 않은 '생얼'의 순박한 세월이 시의 행간마다 담겨 있다. 그 뒷모습에는 시간 여행을 통해 시대상과 사회상을 소환해 내고 있기도 하다. 시대를 관통하는 삶의 진면목이 막걸리 한잔에 탈탈 털리고 있다. 꾸밈이 없어서 더 진솔하고 순박한 김 시인의 모습이 세월의 냄새를 여과하면서 드러나고 있다.

시각과 청각이 자유롭지 않았던 헬렌 켈러는 "냄새야말로 수천 마일 떨어진 먼 곳으로 데려다주고, 지금까지 살아온 모든 세월을 뛰어넘어 시간 여행을 하게 만드는 강력한 마법사"라고 했다. 이는 어느 특정 냄새가 그것과 관련된 기억이

나 감정을 소환하는 '프루스트 효과Proust Effect'를 설명하는 이야기이기도 하다.

김정미 시인은 어머니 언어인 모어母語로 살아온 세월의 냄새를 더듬어 "어린 시절 꿈을 키워줬던"(「가시리」) 고향 마을을 찾아 "천둥 번개에 놀란 가슴// 쓸어내리"(「겉배추」)듯 시의 행간을 걷고 또 걷고 있다.

2.

과거로의 시간 여행은 아무래도 '장기 기억'으로부터 그 에너지가 충전될 것 같다. 장기 기억은 후각을 바탕으로 하는 경우가 많고, 감정적 느낌 또한 다른 감각에 비해 더 오래 남는다고 한다. 냄새를 통한 기억은 당시 상황에서 느꼈던 감정이나 감성을 동반해서 장기 기억으로 남고 무의식으로 작용하기도 한다.

> 캄캄한 시루 속
> 물세례 받으면서 기도하는 콩나물
>
> 햇살 구경 한번 없이
> 시끌벅적 바깥세상으로
> 내쳐질 줄 아는지
>
> 비좁은 시루 속에 가득 담겨진
> 서러운 얘기에
> 서로서로 등 쓸어주며

내일 일은 생각 말자, 생각 말자

한곳에 담아진 콩나물도 살아가는 법이 있어

하늘 구경 한번 못해도
따뜻하게 녹아드는 정 하나만 있으면
흠뻑 젖은 발 좍좍 뻗어지고
선잠에 구부려져 가는 목뼈 꼿꼿이 세워지니

눈부신 바깥세상 부러울 거 하나 없다고

서로 숨소리만 들으면서도
그래, 그래 난 괜찮아

시루 속에서 가득 넘쳐나는 콩나물꽃 진 자리
- 「콩나물 온정」 전문

　"햇살 구경 한번 없이" "따뜻하게 녹아드는 정 하나만 있으면/ 흠뻑 젖은 발 좍좍 뻗어지고/ 선잠에 구부려져 가는 목뼈 꼿꼿이 세워지니// 눈부신 바깥세상 부러울 거 하나 없다고// 서로 숨소리만 들으면서도/ 그래, 그래 난 괜찮아" "서러운 얘기에/ 서로서로 등 쓸어주며/ 내일 일은 생각 말자, 생각 말자" "물세례 받으면서 기도하"면 콩나물의 비릿한 냄새가 "가득 넘쳐나는" 온정이 되어 어린 시절을 소환하고 있다.
　4~50년 전 콩나물 교실을 연상하게 하는데, 참아내고 인내해야만 했던 시대의 아픔도 콩나물 온정으로 품어내고 있다.

겨울이면
우리 마을 삼거리에
귀청 터지도록 피어나는 옥수수꽃

깡통 속에 가득 담긴
노란 옥수수
불통 속으로 집어넣으면

번개와 천둥이 잘 버무려진 옥수수알
펀뜩펀뜩 화릉화릉
옥수수꽃 피우느라 빙글빙글

번개야, 천둥아 조금만 참으렴
셋 세면 바로 나오렴
하나 둘 셋
팡, 펑!

나도 깜짝, 너도 깜짝

옥수수만 사뭇 기쁘다고
꽃무더기 하얗게 늘어놓아요

— 「옥수수꽃 팡 펑」 전문

"노란 옥수수"에 "번개와 천둥이 잘 버무려"지면 "펀뜩펀뜩 화릉화릉/ 옥수수꽃 피"어났다. "감물 받아먹은/ 우리 아버지 갈적삼 갈중이/ 올래담에 시원하게 기대어 팔자 펴"(「가을빛 물든」)듯, "파리똥만큼도 못한 진딧물"에 "어느새 거뭇거뭇 말라가는/ 고추 이파리"처럼 "주름 주글주글 늘어가는/ 내 얼굴"(「여름 가뭄」)도 "따뜻한 말똥 냄새에 꼬물꼬물"(「씨고구마 겨울잠」) 피어나듯 "하나 둘 셋"하면 "알콩달콩/ 꿀 빨아먹었던 시절"(「뒤돌아보면」) "팡, 펑!" "꽃무더기 하얗게" 피어났다.

"너희들 참깨 장만하지 말거라" 하시며 "다섯 오누이 한 되씩 나눠줄 거라고/ 톡톡 투두둑"(「참깨 다섯 되」) 비지땀 흘리며 참깨를 탈탈 털던 어머니 모습도 함께 피어났다. 세월을 뛰어넘어 "회오리가 불어도/ 끄떡없던"(「여름 가뭄」) 시절의 이야기도 소환하고 있다.

3.

냄새는 의식적인 사고 과정을 거치지 않기 때문에 다른 감각으로 대체할 수 없는 기억이다. 이는 우뇌적 기억이기도 하다.

냄새의 기억에는 당시의 풍경과 소리, 느낌 등 다양한 정보들이 함께 있다고 한다.

> 안방 벽에 꽃봉오리로 바짝 붙은 채
> 미처 피우지 못한 모란
>
> 벽에 너무 오래 잡아놔서 미안하다고
> 우리 식구들 시끌벅적 볶아대는 소리
> 말없이
> 잘 들어줘서 고맙다고

가둬놓은 하세월
깨끗하게 쓸어모아 보내면서
다음 생애엔
활짝 핀 꽃으로 살아가라고
중얼중얼 말하는데

떨어진 모란 봉오리
어느새
씨가 되고 꽃이 되었네

- 「벽지 바르는 날」 전문

　　오랜 세월을 함께했던 벽지의 "미처 피우지 못한 모란"꽃, "벽에 너무 오래 잡아놔서 미안하다고" "다음 생애엔/ 활짝 핀 꽃으로 살아가라고" "가둬놓은 하세월// 깨끗하게 쓸어모아 보내"야만 했다. 비로소 "굳었던 내 얼굴이 쫙 퍼지고" 남편의 "막걸리 한 사발"과 "식구들 시끌벅적 볶아대는 소리"가 '꽃봉오리'로 피어났다. 시인은 "떨어진 모란 봉오리"를 세월의 냄새로 품어 싹을 틔우고 세월의 꽃을 피우고 있다.

여덟 색깔 구름이 들락날락
신천리 바다정원엔 팔운석이 있어

마음속에 바벨탑 그리다 말고
팔운석 돌구멍 안에 들어앉아
하늘과 얼굴 마주하면

가을볕에 달구어진 바위 위로

서둘러 달려드는 파도 소리

바다 신과 하늘 신이
한데 들어서는 돌구멍 안에서
팔운석 천정을 머리에 이고 앉으니

많은 욕심으로 무거워진 몸
짠물에 홀홀 헹구고 가라고
파도가 이리 출렁 저리 출렁

기세등등한 미역 더미들도
무거운 몸 씻기느라
너울너울 춤추고

- 「구멍난 돌 팔운석」 전문

    일곱 빛깔이 아닌 "여덟 색깔 구름이 들락날락/ 바다 정원 팔운석이 있어" "돌구멍 안에 들어앉아/ 하늘과 얼굴 마주하면" "서둘러 달려드는 파도 소리"가 시인에게 다가왔다.
    "팔운석 천정을 머리에 이고 앉으니// 많은 욕심으로 무거워진 몸/ 짠물에 홀홀 헹구고 가라고" 파도가 달려들었다. "파랗게 젖은 가을 하늘을/ 벌컥벌컥 마셔버"리고 나서야 "온 산이 흔들거"(「가을 메아리」)렸다. "텃밭 감나무 가지에/ 동동 매달린/ 홍시 하나" "헐렁한 허공으로 귀 기울이며/ 계절의 그림자"(「어느 늦가을」)처럼 앉아 있었다. "나약해진 나를/ 깨우는 참새 소리/ 날마다/ 짹 짹"(「아침에 듣는 노래」)거리면 "일만팔천 신의 내밀한 소리"(「가시리」)가 눈앞에 '옥수수 꽃'처럼 피어났다.

4.

　시는 언어적 커뮤니케이션의 주요 수단이지만, 시의 행간에 담긴 세월의 냄새는 비언어적 커뮤니케이션 효과로 우리를 당시 시대 사회로 시간 여행을 하게 한다.
　마음속 깊이 남아 있는 냄새의 경험이 과거를 떠올리게 한다.

　　　그도 저도
　　　다 내 것이 아닌 것

　　　나이만 내 것

　　　하지만
　　　알 수 없는 건
　　　내 나잇값

　　　그래도 좋아
　　　몰라도 좋아
　　　하늘이 좋아서
　　　가을비가 좋아서

　　　부추 감자 호박
　　　거기다 땡초 송송
　　　매콤하게 부침개 부쳐놓고

친구들 불러 모아
막걸리 한 잔에
깜냥 놀이나 해볼까나

-「깜냥 놀이」 전문

 "아 에 이 오 우 ~" "목청 터지도록"(「가을 메아리」) 어쩌면 '잃어버린 시간을 찾아서' 연습을 했다. '메아리'는 "그도 저도 / 다 내 것이 아닌 것/ 나이만 내 것"이라고 일러 주었다. '나 잇값'을 한다는 게 그리 쉬운 것만은 아닌 것 같다. 지갑을 열 어야 하기 때문이다. 그때 비로소 '깜냥'이 드러난다. '어서도 이신 척, 이서도 어신 척'(없어도 있는 척, 있어도 없는 척)하는 세 상이지만 시인은 깜냥에 맞게 "부추 감자 호박/ 거기다 땡초 송송/ 매콤하게 부침개 부쳐놓고// 친구들 불러 모아/ 막걸 리 한 잔"으로 "목구멍이 말랑말랑"(「가을 메아리」)할 때까지 '나잇값' 놀이를 해본다.

먹고 사는 게
허기진 배에 물 집어넣듯
벌컥벌컥 채울 수 있는 거라면
통장 개수 헤아리고
계산기 두드려 보면서
새 아파트 분양값 반도 안 되는 계산에
물기 빠진 웃음을 반복하진 않겠지

가는 세월에 동동 매달린
틈 사이로 보이는

꽃 같은 결

하고 싶은 것
가고 싶은 곳에
젖은 숨 불어 놓으며
마음을 말리는 것

에라,
그게 먹고 사는 게지

—「사는 게 뭐라고」 전문

　"온몸으로 생의 계곡을 넘나들며/ 후미진 가슴골에/ 단물 줄기 쟁여놓"(「겉배추」)아야 하듯 "통장 개수 헤아리고/ 계산기 두드려 보면서/ 새 아파트 분양값 반도 안 되는 계산에/ 물기 빠진 웃음을 반복"해야 했다. 그게 "허기진 배에 물 집어넣듯/ 벌컥벌컥 채울 수 있는 거라면" "등 굽어 인사하는 사람과는 잘 통하"듯 "또다시 시작되는 일보일배의 행진"(「고사리」)을 하며 "천둥 번개에 놀란 가슴// 쓸어내리"(「겉배추」)고 "가는 세월에 동동 매달"려 왔다. 문득 "말을 타고 갑마장길로 마구 달려가고"(「가시리」) 있었다.

5.

　『잃어버린 시간을 찾아서』의 주인공 마르셀이 마들렌을 홍차에 적시고 한입 베어 무는 순간, 돌연 그를 유년 시절로 이끌었다는 대목이 있다. 마들렌 향이 세월을 뛰어넘어 가족과 함께 여름 바캉스를 즐기던 '콘브레'라는 시골 마을의 정경을 생생하게 소환해 준 것이다.

　김정미 시인도 '콩나물, 옥수수 팝콘, 오래된 벽지, 팔운석, 부침개, 막걸리, 참깨 등 모어의 기억으로 에너지를 충전하여 시간 여행을 하고 있다. 시간 여행을 하면서 "일주일 만에 뵌 어머니/ 일 년 만에 뵌 것처럼 느껴"질 때가 있기도 하고 "빗소리가 굵어"지면 "막걸리 한 잔 두 잔/ 마셔도 취하지 않"(「그런 날 있지」)았다.

　장기 기억에는 아무래도 어머니의 냄새인 모어가 제격인 것 같다. 모어를 스탠스Stance로 하는 김 시인의 시의 행간에는 시인이 살아온 세월의 냄새가 시의 향기로 남아 생동하고 있다. 냄새는 우리의 무의식 속에 잠겨 있던 기억을 다시 떠오르게 해 주었다.

　필자는 시를 쓰기 위해서 '3ST'를 이야기할 때도 있다. 즉, 3ST란 'Story, Stance, Style'이다. 이 3ST를 염두에 두면 시를 쉽게 쓸 수 있다는 생각에서다. 스토리를 구성하는 '인물, 장소, 시대'가 있으면 상황Situation을 만들 수 있다. 이 상황에 따라 스탠스를 취하고 시적 자아Persona의 목소리인 스타일을 유지하면 시는 생각보다 쉽게 쓸 수 있다.

　스탠스에는 네 가지 유형이 있다. '1. 나의 이야기를 내가 이야기하는 것, 2. 나의 이야기를 남의 이야기처럼 하는 것, 3. 남의 이야기를 나의 이야기처럼 하는 것, 4. 남의 이야기를 남의 이야기처럼 하는 것'이 그것이다.

　이 네 가지 중에 우뇌적 시 쓰기(1, 3)와 좌뇌적 시 쓰기(2,

4)로 나눌 수도 있다. 좌뇌적 시 쓰기는 지적인 부분이 많이 개입되고 우뇌적 시 쓰기는 감정과 느낌, 이미지, 동작이 시 쓰기의 중심이 된다.

그래서 필자는 우뇌적 시 쓰기를 적극적으로 권장한다. 김정미 시인은 자신의 이야기를 꾸밈없이 진솔하게 풀어놓고 있어 공감하는 바 크다.

* 이 글을 쓰면서 〈네이버 지식백과〉의 '프루스트 효과'를 참조하였다.

양영길 문학박사